泉遥歌集

そして　それから

風の唄

歌集　そして　それから　風の唄／目次

歌集　そして　それから　風の唄

なつかしの村へ

花もものトンネルぬけて懐かしき売木の村に立つ涙のにじむ

赴任どき新築だった保育園　改築したかシャンとして建つ

靴置場・保育室・遊戯室・そのままありて日曜日　昼

遊び道具並べられたる一角の三輪車二台こちらを向けり

学校に並びて建てる保育園　昼餉のチャイムに子らの笑みしよ

この道は園に通《かよ》いし　なつかしの一軒だけの大橋屋さん

「温泉と市場《いちば》はこちら」の看板に広くなりたる道路の長い

子らの唄小風にのりて聞えくるそんな気のするはるびよりなり

さすが　あざやか

雨予報　それそれと朝顔を植えつける堅き土を掘り返しつつ

花の苗を植え終わるや雨降りはじむ道具の片づけ鼻唄まじり

見はるかす山脈《やまなみ》かくせる春霞　町はおぐらき谷間とも見ゆ

塩見岳に黄金の雲かかれるを植田の映す早朝の風

黄金の雲うつる田に稲ゆるるよき一年となりますように

朝なあさな壁の汚れをふやしつつ燕ら運ぶ泥・藁などを

親つばめ壁につかまり羽ばたきす羽の泥を壁に付けんと

留守の間にポーチの壁に長ながとつばめよごしし形跡のある

私を警戒するか戻りたるつばめの旋回さすがあざやか

幸運のしるしと言えどもこの汚れそれとは遠く思えてならぬ

姿よきつばめら今日は大嫌い郵便受けも泥まみれにする

春霞めぐりの山を隠したればのっぺらぼうの伊那谷となる

五つ六つ山茶花咲けり今年こそ堅きつぼみもみんな開けよ

ももの花・梨の白花・柿若葉だんだら模様の谷間の平和

海底を行く

海を渡るベイブリッジをひた奔る白き〈ゆりかもめ〉と並びつつ

海底のトンネルにいま這入りたり身をかたくして前を見すえる

波おとの聞こえず魚《うお》も見えぬなり本当にここは海の中なのか

四車線の高速道のようなりき海底トンネルに車は続く

どことなくぶっきらぼうの造りなり　トンネル走る車の多く

海底を車で走るとは思わずにここまで生き来し八十年

よくもまあこんな計画したものよ魚の驚きさぞ大きかり

いやいやまだまだ

雨を受け百草《ももくさ》ここぞと芽生えたり抜くころおいを見張るよ今日も

スマートフォン一つであれこれ処理するを感心しつつすこし淋しい

おしゃれなる鶺鴒の二羽ならしたる畑にて啄む朝の日浴びて

生花を用意したれどとりまぎれバケツの中に二日を過ぎつ

鉢植えの百合を襲うか暖冬にて芽の出る前に草盛り上がる

「柊をもらにいくよ！」園児らが並んで通る一月三十日《みそか》

春陽《はるび》さす東病棟音もなしうつらうつらと午前中から

やりかけの仕事をたくさん置いて来つ病棟に春の光さしこむ

塩分を控え水分をひかえつつ暮らす身の浮腫とれるかこれで

しずまれる飯田の町を見おろせり生涯心臓病とつき合う吾は

人生のまとめをするに遅すぎた？　いやいやまだまだ八十二歳

青年「雪夜」

だるまの絵ばかり描きいし幼子は今あでやかなイラスト展示す

線一本にも工夫あり青年の個展会場に笑顔あふれて

浄瑠璃にそいてイラストを創造す　バイトをしつつ「別離」をうたう

その雅号〈雪夜《ゆきや》〉青年の成長の道を見ており今日の個展に

ふっくらとした狐の顔の「玉ちゃん」をさらりと描きたる北原雪夜《きたはらゆきや》

来たかコロナ

湖北省武漢市の名を覚えたり　コロナウイルスを消すてだて欲し

桃・梨の満開にして平和なりコロナ風邪の菌淀むとも

コロナ風邪はいつ収まるか　長期戦の覚悟をせねばならぬかわれら

コロナウイルスとこれから長く闘わねばならぬ今までのインフルエンザ《インフル》のごとく

したたかなコロナウイルスの映像に体内の菌の多さに驚く

誰に贈らん

雪に折れ小学校の桜の枝ふときが横たういとも静けく
桜折れ地に横たわる枝に咲く花笑むごとしわれを見上げて

上向きの落枝に咲けるさくら花今日を限りの命はなやぐ

ももいろの片栗の花咲きはじむ下向きて笑むこのつつましさ

芝土手に片栗の花咲きそろい　いよいよ信濃も春となりたり

大輪の白朝顔のかこむ家なにか楽しきことありそうな……

手植田を見守っているかさみどりのすかんぽさわさわ吹かれて立てる

すかんぽのそよぎ信濃は夏となる　清しき空気を誰に贈らん

すかんぽの赤紫のジャワ更紗ゆれつつ植田の水を守るか

コロナから、猛暑から、命を守れとラジオ放送くり返している

コロナゆえにひそやかになりしこの街のマリーゴールドは黄に光り咲く

りんご並木にコロナは無きや葉かげから青き円《つぶら》の数多のぞける

陽に透きて緑のしずくをこぼしいるぶどうの葉かげの小さき房

イヤホーンごしにRAP《ラップ》を聴きながら青年かがまり鴨居をくぐる

あゝ　ブラックジャック

これほどに心ひかるるは何故なのか漫画本読む八十二歳

嫌いだった漫画なのにと思いつつ手近に置きておりおりに読む

背をまるめ読みふけりいる漫画本『ブラック・ジャック』に心ひかるる

外科医師のブラック・ジャックの光るメス社会の病巣さえもえぐれる

生と死を見つめる敏腕医師B・J生きて歩める人を追いつつ

フランスに三ツ星シェフの誕生す日本の青年と言う誇らしさ

三年もあやめの鉢に潜みいしか水引草の立ち上がりたる

扇風機を引き寄せ新聞の〈歌壇〉読む隔週木曜日のこれが楽しみ

この人もこの人も馴染の作者なり　姿ものごし見えくるごとし

短歌欄のなじみの作者を拾い読む　選評もよろしなるほどなるほど

コロナ禍の冬

ぴかぴかの緑の円葉をすりぬけて石蕗の花黄に咲きいでぬ

秋晴れの畑に寄り来て芋を掘る幼子《おさな》と競うハミングしながら

応援をたのみ掘り上げたる芋の太く大きく赤子のごとし

一人居の食卓なればハリハリと〈サンふじ〉を食む着いたばかりの

音たてりんごを食むなり　これの地に生きる幸を私は思う

届きたる〈サンふじ〉のその新鮮さ　今年の秋を締めくくらんか

「りんごは薄く切ってくださいナ」たらちねの母の声か深秋

久しぶりにピアノの蓋を開きたり「星めぐり」のうたこれなら弾けそう

次つぎと思いだしたる曲のある　長く待たせたピアノにわびる

マスクつけ黙りこくって座りいる人みな言葉をわすれないでね

山茶花のうす紅色の蕾・つぼみ・葉を分けのぞく冬陽受けんと

われに向き花開きたる山茶花はこれでいかが？　と言いたげなるよ

開ききりほこらしげなる山茶花のはなびら　ああ　散り舞いゆけり

第一球を予測し構える少年ら前のめりなりバッター見つめて

打たれたる球をバシッ！　と受け止めた一瞬グランド静まりかえる

静まりてやがてわきたつグランドの二塁手駆けより肩をたたきぬ

二塁手は駆け来て肩をたたきたり球受けし子は笑みてうなずく

母に代わり授業参観に来てくれた姉は逝きたりコロナ禍の冬に

蒸し器もて赤飯作るを教えくれし母似の顔の姉は逝きたり

面会をゆるされぬまま逝きし姉を見送りにけりコロナ禍の冬

一枚の葉もなき大樹　天あおぎじっと思考を深めいるらし

悲しみを枝に分けたか大けやき寒晴れの日に微動だにせず

コロナワクチン《ワクチン》のニュースにひとまず安堵せり　タイヤを替えて良き春またん

何思いつつ汝は逝きしか

作品を重ね置きてへや狭し　これがぼくのアトリエと笑む

六十号の画布はこのへや陣取りて　小さく座わり君は描ける

宮前の静けき小道添いて建つ　こもれ陽の入る四畳半

真中に画布えのぐなど広げおきそっと歩きで山脈を描く

アトリエにてたおれたままの弟よ何思いつつ汝は逝きしか

羽蝶蘭

このような短歌《うた》つくりたいと来し人のひとみかがやく声の明るさ

黄みどりの芽の出そろいたる羽蝶蘭みやげにみしらぬ人訪い来たる

小集をたまたま読んだと言う人の一途さ頻にあらわれている

羽蝶蘭の芽の出そろいて静かなり初めて会いたるあなたのみやげ

初めての新聞投稿の採用されいよいよゆめをふくらます人

母のふる里

棗の木さざんか松も伐採しリニアが通る母のふる里

わが丈をはるかに越えたる山茶花は今年限りと知るはずもなく

幼き日の母を知るこの松の伐採さるる日は近づけり

袴はき学校へ通うわが母を見し日もありけんこの老松は

創造館と公園

画板さげ足どり軽く集い来るシニアの学ぶ創造館

芝土手を駆け登り来て実を拾う子らの声する広き公園

高麗駅
2018 12/19 11:00

思いのままに 1

その雅号〈雪夜〉青年の成長の道を見ており今日の個展に

背をまるめ読みふけりいる漫画本『ブラック・ジャック』に心ひかるる

アトリエにてたおれたままの弟よ何思いつつ汝は逝きしか

町びとの心ほぐせる場所なりと知らぬ人らのすすめる町政

映像の端から火の玉とび出して高層ビルのくずれおちたる

「生れつき」と言われしことある心臓病を恨みつづけて八十年

心臓病をかかえながら八十年よくぞここまで生きこしものよ

みかん畑に「パール柑」の実りし日さぞ幸せな秋日和ならん

油絵を描きつづけて逝きし姉　作品の数多は何を待ちいる

縦横に斜めにメスの入りし身も生きて短歌を詠めるうれしさ

バスケットのシュート決れる青年は一人ニンマリ笑みてつづける

銀杏を拾いて植えしいちょうの木三本育ちし夫の形見

弟は日本画の七十点を展示して大だいてきに発表したり

公園と創造館は警察の分室にすると知事の言いたり

町びとの心ほぐせる場所なりと知らぬ人らのすすめる町政

議会でもするりと通過してしまいコンクリートのビルになるとよ

両刀使いの君よ

観衆の喜びさわぎたつる中を笑顔で駆ける翔平*二十七歳

*大谷翔平

翔平は簡単そうにホームラン　二刀流なる源はなに

投げる打つ両刀使いの翔平よがんばりすぎるなすり切れないで

身につきて和服さらりと着たる棋士*六時間を正座のままに

*藤井聡太

桃畑のいずこよりか人の声　蕾を摘むに良き日和なり

桃畑の脚立の上から降ってくる「おはよう」の声さわさわ届く

さんしゅゆの大枝甘き香を放つ山の水そえ運ばれ来《こ》しと

「福助製《ふくすけ》パン《パン》」六十余年の切り盛りをつづけて友は店頭に立つ

もはや実の一つも見えぬ苺株あおく繁れる葉のほこらしげ

ぬれそぼちしずく落せるぶどうの葉そのかげの房あたかも花火

三角の畑にびっしりミニトマトさあさあ夏のおやつにどうぞ

平谷《ひらや》山荘へ

カーブして出たるここは黄のもみじわれを見よとて山そり返る

常緑樹きりりと山をひきしめる紅葉盛りの山の端に立つ

唐松のすがれてあわき黄土色　音なく並ぶ山の静けさ

ストーブの榾はほのほの燃えつづけ幼きころの思い出ぬくめる

天皇の御名を諳じし三年生奉安殿の前でほめらる

山羊曳きて向う村までつれゆきぬその後は思いの彼方となりぬ

柏の木屋根ぬきいでて葉をちらすその葉テラスに舞い踊りつつ

芽吹きには美しからん柏木のよりそうテラスに椅子二、三脚

二年ぶり

二年ぶりに娘帰省すぼたん雪の中に満面の笑みをたたえて

二年ぶりに会いたる甥の背の伸びてHUG《ハグ》にとどかずと笑いのおこる

真夜中にこむら返りに涙するわれにつきそう帰省せし娘

ふかぶかとチェロのひびけるこの夜ふけ祈る思いで聞く深夜便
（ラジオの深夜放送）

すすり泣くトランペットが真夜を刺すああジェルソミナ　おおジェルソミナ
（イタリア映画「道」より）

コロナ禍に逝きたる友には会えもせずすっぽり穴のあきたる思い

自宅での療養と言う指導あり感染者をふやすことにならぬのか

シトラスのリボンを今も忘れない長野県知事頼もしきかな

感染者の万を越えたる東京へ帰らねばならぬ娘をおくる

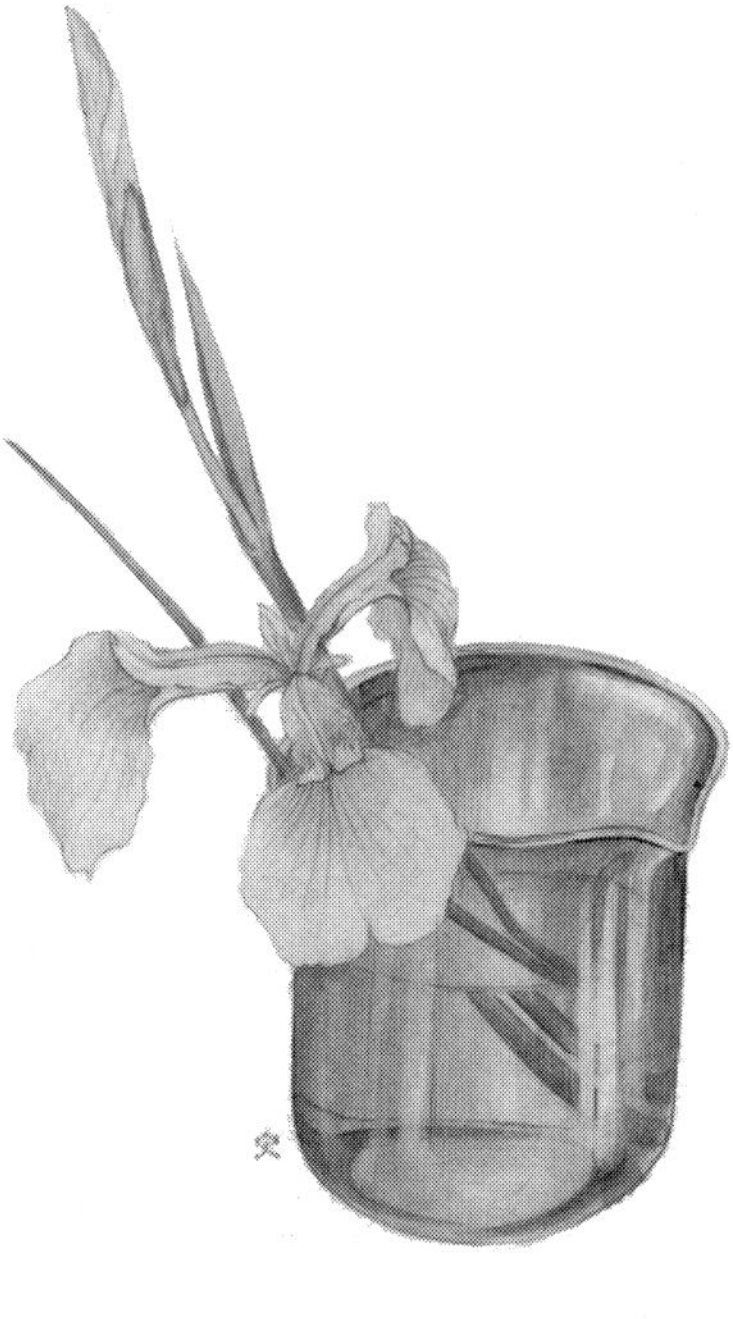

避難所は地下

悲しみを胸にかかえた人の列板塀にそいうずくまりいる

映像の端から火の玉とび出して高層ビルのくずれおちたる

ひややかな上目づかいのプーチンの野心乱心に悩まされいる

プーチンは何を得たいと思いしか人びとの悲しみ見ないふりして

プーチンの頭の中は混乱し二歳児のごと走りつづける

砲弾の穴にたまりし雨水を汲み上げてゆく避難所は地下

怒り口調のあらわになりて民諭すTシャツ姿のゼレンスキーは

迎え撃つ覚悟をしたるゼレンスキーその表情のいよいよ険し

ほろにがき水菜の青さ　切りそろえ芥子酢じょうゆの頃となりたり

さみどりに透きて芽を出す夏茗荷　早くもいでけん私の畑に

頼りて生きん

眠られぬ夜も私には大切よ考えるべきこと沢山ありて

何ゆえに私が病まねばならぬのか折あるごとに悲しみとなる

「生れつき」と言われしことある心臓病を恨みつづけて八十年

手のひらにのるほどの子よと思いだし語りし父の実の父なり

保育器も障害検査もなき頃の小さき赤子よこの私は

モルモットほどの小さき赤ん坊心臓に疾患があったかもしれず
はじめれば阻まんとする心臓病《やまい》なり払い落としてしまいたきものを
発育不全なる身であったのか小さき赤子はどうやら育ちき

心臓病をかかえながら八十年よくぞここまで生きこしものよ

レントゲンの胸の写真はただ白く霧につつまれた伊那谷のごと

「何だ?これは」心臓・肺・胃も見えぬ私の胸部は汚れ血の占む

よごれたる血液につつまれ胸苦し血液に水分の入りこむこともあるとよ

置換せし弁は働けど取りつけし筋肉のやせて穴のあきしと

入院の日より点滴四週間身動きできぬわれを見つめる

点滴をはずして何と自由なり　心ゆくまで寝返りをうつ

点滴のなければ軽がる自由の身　これがほしかろ戦場の子ら

こんなにも厄介極まる心臓病をこれからは私が診ましょうと言いくるる医師※

（※竹内和航医師）

減塩と水分千二百ミリリットルを守りてもう一度生きんと思う

♪　唄う検査機

身ぶるいし寒き手術室《オペシツ》へ入りたり　スタッフ八人準備てんけん

静まりて検査の準備ととのえり「短歌ができそうですか？」と医師の言い

検査前・緊張のふととぎれたり短歌のことを思いめぐらせ

昔むかし足から入れしカテーテル　今左腕の血管を入る

さぐりつつ細き血管まで通す息をつめている女医さんの見ゆ

ドクター竹内の声だけのする手術室　時おり音楽小さくひびく

息をころし伸びあがりて操作する女医さんの息私にかかる

「おしまい！」医師の言葉に検査機は凱旋の唄を奏でたような

ザボンのごとし

まるぶ梅つかまえ漬けし梅焼酎銀に光りて納戸に並ぶ

梅酒ゆず酒石榴のお酒並べたて　納戸は冬の仕度となれり

飲物を揃えてうれし冬支度毎年めぐる満たさるる思い

草の丈のびいで「早く取れよ」と言う「そうはゆかぬ」と病床より見る

水俣の「パール柑」の届きたるその大きさよザボンのごとし

力入れ剥かねばならぬ「パール柑」実のひきしまりほどよき酸味

みかん畑に「パール柑」の実りし日さぞ幸せな秋日和ならん

「パール柑」収穫作業も重たかろ注文をして私は待つのみ

「パール柑」に雪の降りかかった写真あり九州のみかん畑に積もりし雪あり

雪降らぬ冬のわびしさすべからく木ぎ真すぐなりふるえいるのみ

ランナーを存分にのばし苺苗子孫を残す株育ており

なでしこのそよろと咲ける花畑白きは姉の形見なり

油絵を描きつづけて逝きし姉　作品の数多は何を待ちいる

渓谷の画廊を起せし姉なれば作品の多くの並びたるまま

伐られたる大木より芽生えきた若枝をしきりに描きし姉よ

年輪を誇らしくみせ切株は芽生えし枝を見守りている

「ピアノ弾く婦人」の絵を好み遠方より通い来る人のあると聞く

ペースメーカーを入れる

手術室に音楽入《はい》りてほっとする看護婦さんらの心づくしよ

患者らの心さわぐを鎮めんと音楽入りのオペ機具※うれし

※オペレーション用機具

オペ機具の移動のたびに奏でたる日本の曲　外国の曲

工夫された音楽入りの手術室　私の不安も少しやわらぐ

縦横に斜めにメスの入《い》りし身も生きて短歌を詠めるうれしさ

肥大せし心臓にペースメーカー《コード》とどきかね医師の苦心のつぶやきの声

部分ますいこれもよきことドクターの工夫の声が聞きとれる

三時間かかりてペースメーカー《メーカー》調節す　脈はピッタリ60をうつ

三時間じっと待ちいし家族なり　手術成功！笑いて生きん

看護婦さん次のときは「さだまさし」入れてくださいおねがいします

白き風車

空港《エアーポート》は動く歩道のととのいて蹇のわれゲートまでゆく

国内線ははるか向うのゲートにて他国の人とすれちがいたり

ここは日本か外国か歩道ゆきかうカップルさまざま

海辺から向う山までつらなりて白き風車のごきげんの良し

海風を受けて回れる白風車《しろふうしゃ》はるかな岬の先までとどく

海辺町に明り灯りて夕餉なり惜しまず回れ風車よ回れ

見おろせば港町ひろがる丘の上「中村修二※」の記念碑の建つ

※発光による「青」の研究者

鷗外も漱石も住みし愛媛の町ぼっちゃん電車の明るき町よ

何とまあ太き柱よ五番目の城門柱をいかに運びしか

城門の構いかつき太柱いくつかくぐって広場にいでぬ

看護の日

忘れまい五月十二日「看護の日」看護婦さんよりマスクをおくらる

「また来たよ」再入院の私を迎え入れたり同じベッドへ

飯島看護師に迎えられ三十日目の再入院となる

先きざきで仕事たのまれ看護師は機嫌よく受く夜勤明けなり

看護師は疲れきって帰宅する　家では「ボロ布《きれ》と同じ」と言う

「帰っても使い物にならないの」手を休めずに看護師笑う

患者らにかけるひとことにも気づかいて明るくやさし若き看護師

楽しげに看護の仕事をして回る　あなたの母上が見えてくるよう

熱いがよろし

「おふろです迎えに来たよ」車椅子の客となりて湯殿までゆく

入浴の私に手助けしてくるる療法士※あなたは汗しきりなり

※作業療法士

あふれ出る湯舟につかり心地よし　私の病いよ流れい出ゆけ

焙じ茶は熱いがよろしと注がるる湯上がりのお茶に心底あたたむ

病院の減塩食もなれてきて工夫の良さを思いつつ食す

思いのままに 2

痛み臥せば夏の去りたり朱色なる曼珠沙華にも会えずすず風

角張て動かなかった左指　わずか曲れるこのうれしさよ

靴ひもの縛れてうれしこの朝は療法士さんとハイタッチする

おちこちに柿のすだれの納屋に垂れ伊那の村里オレンジに映ゆ

今日ひとひ無くし物をしなかったほうびにべっこうあめひとかけら

夫にも弟にも見てもらえなかったわが歌集　本をみるたび涙のにじむ

「奔放な人と暮してゆかいだったよ」　病床の夫ぽそりと言えり

唄いつつ詠いつつ行く風の中思いのままにわれのゆきませ

直らずも修理をすれば生きらるる病みて八十六年世の中を見き

勤勉にわれを助けてくれまししペースメーカー身になじみたり

ばらの花咲いてる今日のデザートは栄養士さんの心づくしよ

美しき寒天づくりのばらの花食すはおしき栄養士さんの腕がなる

あなうれし花の咲いてるデザートに心ひかるる「栄養士の日」

毎日リハビリ

ギブスとり軽くなりたる左腕　されど曲らず動かず誰れが手

手の甲も手のひらさえもかたまりて板のようなるわが手となりぬ

五本指一本ずつをマッサージもみほぐす日々のいと長きかな

肩までもつながっている手指なり痛みがのぼる左腕なり

じんじんと腕の痛みの襲いきつ暗やみの中こぼるるなみだ

痛み臥せば夏の去りたり朱色なる曼珠沙華にも会えずすず風

角張《かくばり》て動かなかった左指　わずか曲れるこのうれしさよ

靴ひもの縛れてうれしこの朝は療法士さんとハイタッチする

明け暮れて

ベッドにて暮らせばたちまち足萎えて歩行不全の人となりたり

その父母の期待の名前を胸につけ理学療法士らは黙し働く

足を痛む患者らの気を察しつつすすめるリハビリ三セットなる

田起《たおこ》しはリハビリ運動にはならないときっちり指示する療法士

心不全はくり返しやすい病なり自分を守る覚悟をせよと

ゴム製のリボンさえわがリハビリの道具となりぬ工夫されたる

終日をクーラーのへやに働ける療法士　入りこし風にほほえみており

患者ごとに合う運動を見つけ出しこの部分をきたえましょうと言う

リハビリを自分からできる日は元気　くもり日でなく猛暑でもない日

猛暑なり体全体だらりとしリハビリまではとてもとても

食ごとに分包されたるわが薬とぐろ巻なり色とりどりに

薬局へ薬もらいに入るとき大き袋があるか確かむ

調合は四十五分かかりたる歌壇よむのに良き時間なり

切り取りの新聞広げ読みふける朝日・信毎・南信州

それみんな飲めばおなかがふくれるとカーブ切りつつ運転手笑む

枯枝かと思っていたにうこぎの木にわかに緑の刺そり返る

ちくりちくりとするどき刺にさされつつうこぎ摘みおり畑のすみに

「逆立てて回しながら摘むがよろし」母の手つきを偲びつつ採る

来てくれたあなたのおかげ家中《いえじゅう》があかるくなったと義兄の声

「私も草月」生花《いけばな》しつつ花瓶をくれし義姉も保育士

風越山《かざこし》をこよなく愛でし人なれど嫁ぎて白馬岳《はくば》に向いてくらす

つたかずら（蔦葛）

一夜にて高き窓まではい上がりわれを見おろすつたかずらかな

荒壁を這い上りたる蔦葛そんなにのぼって何をせんとや

一夜にて高窓のふちへのぼりたる何が見えたかつたかずら

青き葉をひるがえしのぼるつたかずら蔵をおおいて秋を待ちいる

荒壁をはい上がりたるつたかずら秋には蔵を黄金につつまん

すっぽりと蔵を被いたるつたかずら真先の紅葉その華やかさ

つたかずらその実の太き莢ゆるる秋をきそえる紅葉のなかに

柿すだれ

柿すだれあい間を人の行き来する次の仕事は燻蒸なるか

外国から所望を受けて「市田柿」いざや作らん　笑顔ひろがる

柿を剝く人手不足で苦心せり　暖房つけて夜なべとなりぬ

柿すだれ幾重に並べ納屋の窓あけはなさるる秋　終の風

おちこちに柿のすだれの納屋に垂れ伊那の村里オレンジに映ゆ

オレンジ色のうすれてきたる納屋の窓　柿はほどよく乾きたるらし

広き田に大きく建てしビニールハウス数千個の柿すだれ並ぶ

忘れまい

愛用の手ぶくろ片方のみとなり杖つく右手なんと冷たき

手ぶくろの古きをだしてはめゆかん冷たいよりはいいではないか

片方となりたる手袋その相手バッグの中にまるまりており

がまぐちを捜し回りて二回目の車中見回りひょっこりいでぬ

新しい保険証どこに行きたるか誰にも言わず朝から捜す

保険証ナンバーカードと背合わせでバッグの中に潜みていたり

無くし物しなかった今日がうれしくて夕ぐれ娘に電話をかける

今日ひとひ無くし物をしなかったほうびにべっこうあめひとかけら

風の唄

夫にも弟にも見てもらえなかったわが歌集　本をみるたび涙のにじむ

今度こそもたつかないですすめましょう見てもらいたい人がいるから

「奔放な人と暮してゆかいだったよ」病床の夫ぽそりと言えり

唄いつつ詠いつつ行く風の中思いのままにわれのゆきませ

心不全と戦うために生きたれどついに勝ったと思う年月

何十の人に助けられ生き来しよ八十六歳楽しくてあり

唄いつつ詠いつつ風にのりゆかん輝く星の仲間入りせん

われをのせ風の唄えり「よくぞまあここまで生きて笑えるものよ」

直らずも修理をすれば生きらるる病みて八十六年世の中を見き

縦横斜《たてよこなな》めにメスを入れ修理した身で唄い詠って

身めぐりの八人いつか星となりわれひとりなる二年の月日

びっしりと星輝きて空狭し私の行き場所ありやなしやよ

機械が働く身体《からだ》の中で真剣に休まず動くわれを助けて

勤勉にわれを助けてくれまししペースメーカー身になじみたり

あとがき

先の出版物『風の音』ができてからもう四年が過ぎてしまいました。

その間私は入退院をくり返し、もう一度心臓病と戦っていました。それは高齢となり体力がなくなってきたからだそうです。

介護した夫にも装画を描いてくれた弟にも出来上がりを見てもらえず無念で、今も本を見るたびに涙がにじみます。今度こそもたもたしないでやりましょう、見てもらいたい人がいるのだからと思いました。

四年間、書きちらしてきたものをまとめることにしました。とりとめもないのですが、人生のしめくくりと思っています。

驚いたことに、八十六歳となり自分でもびっくりしています。こんなに長く生きられたこと、短歌と会えたことに感謝しています。今回しめくくりの歌集をつくりたいと言ったら、秋元先生が「その気持がえらいよ。」と言って下さり安心しました。久保田先生にも長い間おせわになりました。今回は特に井原法子さんに点検をしていただき、清水弥生さんには、史郎さんの大切な遺品を提供していただきました。洪水企画の池田様はじめみなさまにお礼を申し上げます。

ありがとうございました。

泉　遥

令和六年六月吉日

◉ 著者略歴

泉　遥（いずみ　はるか）

本名　中村景子（なかむらけいこ）
1938 年（昭和 13 年）長野県会地村生まれ。
1959 年　長野県保育専門学院卒業
1959 年から 1997 年まで保育士として勤務
2021 年　第一歌集『風の音』刊行
現住所　〒 395-0004 長野県飯田市上郷黒田 1449-6

◉ カバー絵・カット・画家略歴

清水史郎（しみず　しろう）

1945（昭和 20）年、長野県飯田市生れ。日本画家
東京芸術大学卒業。新制作展創画会展に出品入賞後無所属
2024 年 3 月 8 日没。

歌集

そして　それから

風　の　唄

著　者　泉　遥

発行日　2024 年 9 月 18 日

発行者　池田康

発　行　洪水企画

〒 254-0914 神奈川県平塚市高村 203-12-402

TEL&FAX 0463-79-8158

http://www.kozui.net/

装　画　清水史郎

印　刷　タイヨー美術印刷株式会社

ISBN978-4-909385-52-9

Printed in Japan